곽인숙 시집

나를
기다리고
있었을까요

상상인 시인선 *050*

나를
기다리고
있었을까요

시인의 말

저 하늘의 태양이

내게 말한다

어머니 품속같이

따뜻하고 간절한 마음으로

시를 쓰라고,

2024년 봄
태양이 눈부신 날에

곽인숙

■ 차 례

1부   빛바랜 우산을 접으니

2부　내 어두운 자리마다 등불이

3부 그래도 아름다웠던 순간은 있었기에

4부 생의 갈림길에서 뜨거웠던 순간들

1부

빛바랜 우산을 접으니

오래된 밤의 자세

밤을 향해 시간은 스며듭니다

어둠을 파고드는 전구로 인해 밤은 너무 더디게 와서 별빛이 그리울 때가 있습니다

컴컴한 배경에는 함부로 발설할 수 없는 신비가 숨어 있습니다

낮을 이룬 것들이 고요 속으로 침잠하고 잔여의 시간을 나에게 넘깁니다

돌아보니 얼룩뿐입니다

그믐으로 건너뛰는 초하루에도 밤은 오래된 자세를 바꾸지 않습니다

마음의 묵정밭에 묵어 소리 들려오고

모서리부터 어둠이 무너지더니 아침이 찾아왔습니다

복숭아의 시절

까끌까끌한 솜털로 덮인
복숭아 속살에는
달달한 절기가 들어있어요

연분홍 복사꽃 피듯
상실의 흔적이라고는 찾아볼 수 없는
풋풋한 시절이었지요

옹이 같던 시간은
퇴행의 징후를 예견했는지
통통하게 부풀어 올랐죠

내 발의 복숭아뼈는
속절없이 나이만 먹어
시큰거리고 삐걱거려요

흩어지는 인생의 방향을 틀어쥐고
조금만 더 참아야 한다고
서로를 토닥거려줬죠
〈

단단하게 질주하던 시간은
이제 뭉클뭉클하고
도굴만 당한 어머니의 향기가
시린 뼛속까지 사무쳐요

얼룩말

장판지를 걷어내면 초원에 묶어둔 얼룩말이 알몸으로 누
워 있다

지워도 지워도 기억 속의 역마살 흔적은 지문처럼 빙빙
돌며 다시 그 자리에 멈춘다

뜨거워진 방바닥에 젖은 지폐를 말리면 저 먼 초원에서
말발굽 소리가 들려왔다

말뚝에 매인 얼룩말이 뒷발질하면 발에 차인 허공이 꿈
틀거렸다

장판지 밑에 얼룩말이 산다

기적소리

북적이는 인적 대신
별만 뜨고 지는 능내역 대합실

푸른 남해에서 남양주를
오가는 기차에 몸을 실으면
눈부시게 살아내는 힘이
기적소리로 울려 퍼졌다

기차 떠난 추억의 숨구멍마다
말 걸어주던 이웃의 다정한 눈빛

끊겨버린 생의 밧줄 같은
전설의 철길을 다시 이어
그리운 사람들의 안부를 묻고 싶다

두물머리

남한강과 북한강이
혼인 서약을 하는지

두 물이 만나는 합수 지점에서
얼어붙은 마음을 녹인다

사랑의 구속에 기꺼이
영원히 마르지 않을
신접살림 차린 두물머리

은하수가 되어 흐른다

유실된 기억들이
꼬리에 꼬리를 물고
업장으로 얼룩진 가슴에
찬물을 끼얹는다

마치 아무 일 없는 듯
저렇듯 한 몸이 되어 흐르고 있는 까닭을
우연이라 해야 하나

필연이라 해야 하나

물이 물을 업고, 물 위를
필사적으로 걸으며 속울음을 운다

족두리 쓴 두 물은
지금 어디쯤에서
지난날의 기억을 담수淡水하고 있을까

혼인서약서의 맹세가
노안으로 멀어져 가물가물하기만 하다

어린 할미꽃

자줏빛 꽃잎이 살포시
땅을 향하여 피었습니다

무슨 업보가 있어
고개 숙인 채
피면서부터 할미꽃이라
불리는 것일까요

하얀 머리 곱게
틀어 올린 모습이 고우셨던
할머니와 함께한 추억이 사무치도록
그리움으로 다가옵니다

한 시절 당당했던
당신의 생애만큼
눈부신 모습으로 뜰에 피었습니다

적막 속을 잰걸음 쳐도
늘 그 자리입니다
〈

햇살 고운 날 한 뼘 땅으로
떨어질 씨앗을 기다립니다

저 어린 할머니를
나는 사랑합니다

홍매화

봄바람이 불어오면
콧노래도 흥얼흥얼
꽃밭에 잡초를 뽑아요

손가락이 파랗게 물들어
풋풋한 내음이 나니
꽃들이 저마다 활짝 웃네요

앞마당에는 이름 모를 꽃이 피고
뒷마당의 새들은
둥지를 만드느라 분주해요

하늘에는 그리운 당신 닮은
햇살이 가득합니다

소쿠리 옆에 끼고
봄나물 캐던 시절이 생각납니다

향기를 물고 날아다니는
벌 나비들의 날갯짓에

봄은 봉인이 풀린 듯 들썩거리고

내 이마에 빨강 꽃망울
다닥다닥 피어나네요

적당히 모르겠어요

도무지 가늠할 수가 없어요
뭐든 적당히 하라 하네요
그것이 얼마나 어려운데

테이블에 놓인 풍란이
물 없이 말라가고
창밖에 맺히는 빗방울은 적당히 다정스러워요

오늘도 내일도
사랑도 이별도
촛농처럼 굳어버린 것들조차
적당히 말랑말랑하면 좋을 텐데요

저물어가는 하루가 아쉬워요
떠나간 빈자리에 남은 그리움
자꾸만 눈에 밟혀요

적당히 사랑할까요

무엇이든 볼수록 정이 드는데

정지된 시간 같은 흘러간 시간 같은

적당히
적당히

어중간한 말의 이본異本인
적당히, 라는 말을 잘 모르겠어요

조각보 우산

누군가 텃밭에 씌워준 우산 하나
알록달록 빛이 바랬다

조각조각 모여서 밭이 되었듯
한 생명을 지켜내는 이랑이 굽이친다

이슬 한 방울 떨어져
뭇 생명을 키워내고
완전한 생명체가 될 때까지
밭머리를 지켜줄 것이다

바람이 불기도 하고 뜨거운 햇볕에
지칠 때도 꿈쩍하지 않는 상보

호시절 무늬는 잃었지만
밤새워 너를 품고
온통 침묵으로 고요한 지금

그 많은 근심을 덮고
삶의 속도마저 줄인다

〈

허공 떠도는 먼지를 막아주고
돌풍이 심술부릴까 봐
사위(四圍)에 울타리를 두른다

빛바랜 우산을 접으니
한 시절의 초록이 고개를 내밀고 있다

서표

행간마다 대화가 웅성거린다

마음의 물기 마를 때까지
책갈피 속에 끼워둔
맑은 슬픔을 간직한 서표

새로운 글줄이 서재의 먼지를 빨아들이고
귓속말로 퍼져나가는
빛과 어둠이 혼재한다

책 속에는 출렁이는 혀가 있고
앞면과 이면은 서로의 벽을 이룬다

자신을 확인하기 위해
글을 쓰는 시인은
행복에 젖거나 고뇌에 밑줄이 그어진
흔적들을 눈 속에 담는다

보이지 않는 마음은
사라지는 표정을 붙잡으려 몸부림치는가

〈

건너갈 수 없는 곳까지 바람이 뒤척이니
생각은 날로 골똘해진다

걸어 들어간 발자국 깊게
고운 시 한 편 쓰고 싶도록
미세한 떨림을 속지 속에 끼워 넣는다

불광정사에서

오래된 길동무 같은 산이
절을 에워싸고 있다

돌탑들이 바르게 앉아
독경 소리를 읊으며 수행 중이다

간절함으로 손 모으면
내 마음속 떠도는
번뇌를 잠재울 수 있을까

부처님은 얼마나 많은
소원을 가지고 계실까요
법당엔 얼마나 많은
기도가 쌓여 있을까요

안개로 꽉 찬 내 속내를
당신은 이미 알고 있겠지요

절 마당에 깔려 있는
잔돌 위를 터벅터벅 걸어본다

〈

마음 하나 다잡지 못한다면
나의 도피처는 어디인가

아직 무엇에도 묵묵부답이다
산문 밖으로 구절초꽃이 환하다

* 불광정사: 양평군 서종면 수대울길 220.

인생의 까치집

집을 지어보면 알지

휘청거리는 나뭇가지가 철근보다 강하다는 것을

인생의 블랙홀 같은 막막한 곳

빗방울이 밀실까지 차갑게 파고들어 별빛과 달빛이 뒤꿈
치에 달라붙는다

바닥에 등을 대고 누우니 하늘을 떠돌던 운무가 풀린다

살 곳이 저기뿐이라는
허공 저 집은 까치의 영토

세상을 등지고 빙글빙글 돌기만 하는 노숙자처럼 애환
의 속내 보이기 싫어

높이 높이 까치발 들어 공중의 바닥을 디뎌본다

나를 기다리고 있었을까요

잣나무 숲길을 오릅니다

앞서가는 풀벌레 울음소리는 내가 태어나기 전부터 나를 기다리고 있었을까요

저 자유분방한 소리, 닫힌 마음의 문이 열리는 순간입니다

다람쥐가 입 속 가득 잣을 물고 주위를 두리번거립니다

살다 보면 예상치 못한 일들이 기다리고 있습니다

과거에서 현재로 현재에서 미래로

나보다 먼저 도착한 인연이 가장 아름다운 소리가 나는 곳으로 나를 데려갑니다

쭉쭉 뻗은 잣나무들이 붙들지 못하는 하늘을 지상으로 끌어내리고 있습니다

세상 밖 어떤 궁금증도 이곳에서는 무위로 돌아갑니다

싸리나무 문

지리산 길 없는 길을 오르는데
소나무 아래에 있는
암자 앞에
싸리나무 문이 보인다

햇살이 부챗살처럼 펴져
지친 발자국 소리를
멈추게 하는 한낮

그림자가 길어질수록
비바람 맞고 자란
싸리나무가
바람을 가로질러
처진 어깨를 세우라 한다

쉽사리 잊히지 않는
초등학교 시절

선생님이 들고 다니시던
싸리 회초리가 잃어버린

길을 알려 주는
방향지시등이었구나

귓속에 환히 쌓이는 독경 소리가
마음의 출구를 열고 있다

아버지의 월급봉투

아버지의 누런 월급봉투 속에
켜켜이 담겨 있던 지폐가
가족을 위해
당신의 어깨를 짓누르고 있던 무게인지

그때는 철부지였던
나이 탓에 몰랐습니다

정직하게 살되
베풀고 살라 하시던 말씀
가슴에 신권 지폐처럼
차곡차곡 쟁여 두고 살고 있습니다

봉투에 적혀 있던 이름과 수령액이
선명한 기억으로 남아서
과거란 나이로 다시 돌아가곤 합니다

통장으로 월급이
입금되었다며 알림 문자가 뜨는 지금
망각하고 있던 어린 시절이 자꾸만 생각납니다

〈

군불 넣는 저녁쯤에
노을이 저렇게 붉은 것도

아버지의 기울어진 어깨와
헐렁한 월급봉투를 감싸기 위함을
철이 든 후에야 알게 되었습니다

폭설 내리는 비자림 숲에서

싱싱한 꿈은 대체로 푸릅니다

눈에 파묻혀도
초록으로 파르르 떨고 있는 나무
식물성 웃음이 나를 몽상에 들게 합니다

숲속에 피다 만
하얀 눈꽃봉오리가
낚아채는 하늘은 웅덩이 같아요

시간이 흐를수록 깨인 꿈 밖은
파닥거리는 기억들로 멈춥니다

고향집 앞마당 동백나무는
때를 분간 못 했는지
사시사철 꽃을 피웠습니다

계절이 오는 지점에서
다시 원점으로 돌아가지 못해
푸르디푸른 모습은

삭망의 주기를 견디고 있습니다

우수수 쏟아지는 눈밭 위로
동백꽃이 속절없이 떨어져도
떠밀려 간 꿈자락 끝까지 비자림은 푸릅니다

설맹이 되도록 눈을 바라보며
비자림의 퇴행성 슬픔에 기대봅니다

* 제주시 구좌읍 비자숲길 55.

골마지꽃

파도가 잠잠한 항아리 속

지난해 담근 된장에 하얀 꽃이 피었다

그 물결 너머로 하루살이 떼 날아들고

꽃 무더기에 천일염이 눌러앉았다

뚝배기에 된장 두어 숟갈 넣고 구수하게 끓이고 있다

항아리 속 겨울을 지나면 다시 봄

햇볕에 벙그는 목련꽃을 보면 어머니 생각에 눈물이 난다

매화꽃 피던 날

내 속살 깊이 봄을 밀어 넣고 포기할 것을 적으라는 듯
꽃비를 뿌려대던 날 오금 저린 세월이 꿈틀거렸다

발목이 삐걱거릴 때마다 곪아버린 물집에서 향기가 배어
나왔다
여러 차례 주삿바늘에 공격당한 살갗 손쓸 새 없이 검은
멍이 자리를 잡았다

쉽게 제거할 수 없는 가시 돋친 불안은 발등 위 야윈 달
빛으로 쏟아졌다
그때마다 소금기 절은 근심에 어질머리 눈자위가 시려
왔다

얼마나 지났을까
병마의 속박에서 풀려난 매화나무 가지에 햇빛 환히 영
글고 있다

2부

내 어두운 자리마다 등불이

지암 스님을 뵐 때마다

겨울이 깊어가는 도량에
하얀 눈이 내립니다

중생의 평안함 위한
스님의 독경 소리는
눈도 귀도 무딘 우리를 깨워줍니다

크신 스님으로
크신 법문으로

험난한 번뇌에서도
당신의 마음을 거울삼게 하십니다

백 가지 슬픔뿐인 내 마음은
광음光陰도 걸러내시는 스님 앞에서
저절로 머리가 숙어집니다

생명의 등불 밝혀 든
거룩하신 지암 스님 위해

두 손 모아 성불하시길 발원드립니다

말이 동사가 되어

물컵 속에 명사를 구겨 넣는다

말없이도 말하여지는 시끌벅적한 세상 속

잔말들이 앙금처럼 바닥으로 가라앉는다

캄캄해지는 겨울날 오후 물방울들이 저마다 언어 속에
서 심호흡한다

현악기처럼 길게 파장을 일으켰던 소리가 잠잠해진다

물잔을 비우듯 나를 비우는 시간

사라진 것들은 모두 부사 속에 숨고

딱딱한 명사들이 지느러미를 세운다

포개짐은 허물어짐인가

달빛이 다가가면 어둠은 균형을 잃고 한쪽으로 비켜선다

바람이 입술에 맞닿아 파르르 떨린다

포개지는 것들은 허물어지는 것을 지나온 들숨 날숨인가

겹겹이 나뒹구는 낙엽이 마음 안팎을 무너뜨린다

몇 겹의 시간이 차곡차곡 쌓이고 생각은 추론으로 남는다

아슬아슬했던 순간들이 마음 깊숙이 들어와 가장 고적
하게 쌓인다

허물어지는 것은 포개짐의 다른 말

모호한 습성으로 둘은 한패다

밥그릇

아카시아 꽃송이 같은
하얀 쌀밥에
검정콩이 숨어 있다

옆집 언니네 밥그릇은
숟가락 달그락거리는
소리가 유난히 크게 들린다

밥그릇 긁는 소리에
구름이 달아나면 태양이
다시 뜨곤 했던
옛 생각에 잠긴다

할아버지는
사람은 선과 악을 구별할 줄 아는
큰 그릇이 되어야 한다고
늘 말씀하셨다

그때의 기억 저편에서
그리운 언니를 만날 수 있다면

쌀밥 한 그릇 해드리고 싶다

단청 아래에 놓인 백자 밥그릇 하나
부유하던 아카시아 꽃향기
소복이 담겨 있다

보고 싶습니다, 아버지

오월이 오면 흐드러지게 핀 들꽃도 지천이었는데

단 한 번도 당신 가슴에 꽃을 달아드린 기억이 나지 않습니다

그때는 왜 몰랐을까요
늦게 철들어 한없이 죄송한 마음뿐입니다

마지막으로 뵌 모습이 눈에 선합니다

달빛 밟고 들어가는 하늘처럼 가을이 가고 겨울이 오고 있습니다
추위를 많이 타셨던 생각에 눈시울이 뜨겁습니다

내 어두운 자리마다 등불이 되신 아버지

기일이 다가오니 불효한 마음 사무치는 그립고 그리운 시간입니다

동안거

당당함을 보이려는지

남천나무 붉은 열매, 대웅전 마당에서 하얀 눈을 맞고
있다

어제는 도반의 눈빛에서 용서를 보았고

오늘 만난 보살의 가슴에서 사랑을 느꼈다지만

하얀 눈 그림자에 낯빛 가리는 풍경風聲

가부좌 틀고 마음의 소용돌이를 거둬들이는 스님은 도
통 말씀이 없으시다

부석사에 사는 목어

바다의 눈 밖에 났을까

속을 다 비워내고

여기서 무엇을 채울 게 있다고

저렇게 매달려 있을까

물 없이 살아온 몸

목탁 소리에 몸을 뒤척이며

머리를 북쪽으로 향한다

전각의 그늘 아래

그림자처럼 모여드는 해조음

스스로 귀를 닫고
〈

빈 달이 뜬다

거대하고 가혹한 적막 속을

깊숙이 닿는 역린이여

조기 살점을 젓가락으로 뗄 때마다

시선을 허공에 돌린다

나를 관조하다

초승달은 보름달이 될 때까지
웅숭깊은 시간을 지나고 있다

뒤돌아보면 내, 의지는 달의 주기를 앞서

맨 먼저 제자리로 돌아오는
그 열심에 있었다

보름달의 환영을 좇던 어제보다
묵언으로 비우는 오늘이 더 좋다

모양을 달리해도 같은 하나의 이름으로
당신을 닮아가고자 하는 나

별빛 깊은 나이테에 몸속 기억이 휘돌고

내 어두운 기억에 환하게 달이 뜨면
혼자서도 외롭지 않은
달맞이꽃이 되고 싶다

두 손을 모으다

단청 밖으로
시간이 머문 듯한데

백팔배로 시끌벅적한 법당

매듭짓고 풀어내는 일
그리 쉬운 것은 아니지만

신묘장구대다라니를 외우는 나는,

내 몸에서 끝끝내 버티는
무엇이 남아 있는지

내게 어떤 비루한 퇴행이 있는지
모은 손이 볼록하다

얼마나 버려야 부처님 손처럼 펴질까

대웅전 하늘에 낮달이 떴다

늦가을 서정

가을이 깊어질수록 새들의 울음소리는 애처롭기만 하다

책갈피 속에 끼워둔 나뭇잎 한 장도 속울음을 운다

때론 아는 길도 멀리 돌아가고 싶은 가을을 이삭줍기한다

빛바랜 낙엽의 두께 같은 하루가 저물고 있다
추녀 끝을 휘도는 바람처럼 하루하루 온도가 내려간다

  세월 따라 가을이 씻기고 어제라는 빈자리에 시린 하늘
이 내려와 앉는다

단상 시초詩抄

1 물의 정원
물가에 핀 벌개미취꽃을 만났다
눈매가 푸르러 눈빛이 고왔던 당신
개미는 어디서 씨앗을 물고 왔을까

서로에게 기대 오손도손 자리 잡은 여섯 남매
낮에는 햇볕으로 밤이면 달빛으로
어머니는 이곳에서 여섯 남매를 돌보고 계셨다

어머니 발걸음 소리에 사뿐히 귀를 세운 벌개미취
그리운 시간 앞세운다

2 동백꽃
찬 바람이 청양고추처럼 매운 날

동박새가 부리로 꽃을 쪼아대다가 극성스럽게 울어대네

동백 문 열고 나오는 어머니
석양 바다를 온몸으로 가두네

〈
꽃잎으로 떠서 흐르는 섬

바다로 나간 배는 아직 돌아오지 않고
허공에 길을 내는 등댓불만 깜빡거리는데

작은 바람에도 마음 졸이는 동백
꿈자리 바깥까지 붉게 붉게 물들이네

3 구월 서정
귀 하나로 구월 소식을 다 담아내기에는 벅차네

붉게 익은 석류가 하늘을 외돌아 매달려 있고, 구절초
꽃향기가 어머니 분 냄새로 다가오네

홀로 깊어지는 햇살은 내 가슴앓이 본체만체 길을 떠나네

코스모스는 제 그림자에 발이 묶이고 새들은 귀소를 서
두르네

〈

바스락거리는 나뭇잎 소리가 가을밤을 재촉하며 시나브
로 붉어지네

구름에 가려진 초승달이 내 안의 또 다른 나를 만나려
고 자꾸 기웃거리네

내 마음의 은행나무

땅에 떨어진 은행알이
떼구루루 구릅니다

봄부터 당신의 온기에 감싸인 기도는 무르익어
가장 낮은 곳을 찾는 시간입니다

한여름 땡볕 아래 온종일 서서
경배의 뜻을 모으고

우박처럼 쏟아지는 소나기 온몸을 적셔도
티끌조차 놓치지 않으려고
정성을 다합니다

익을수록 고개 숙이는 벼를 바라봅니다

수행처를 찾아서 떠나는 길에
가을밤 달빛이 환하게 길을 밝힙니다

밤낮으로 인신 공양하는
불꽃 속으로 흩어지는 환영에

심장이 쿵쿵 뜁니다

은행나무 우듬지까지 생피가 솟구칩니다

언제부터인지
내 마음의 빈터에 자라는 은행나무 한 그루
심안心眼으로 살펴봅니다

삶의 가파른 벼랑

돈이 권력이 되는
자본주의 사회에서
힘든 일용직도 마다치 않고
타국에 와서 일하는 노동자를
볼 때면 굵은 장대비를
맞고 서 있는 나무처럼
춥고 슬프다
치열하게 살아남아야 하기에
지독한 현실과 타협하는
모습이 부평초 같다
우즈베키스탄에서
교사를 했다는
미소가 부드러운 남자는
숯가마에서 잡다한 일을 하는 노동자다
그를 볼 때마다 타고 있는 장작만큼이나
애간장이 타들어 가는 모습이다
절절해 보이는 삶이 유토피아를
꿈꾸고 있는 것이
아닐까 생각해 본다
우리의 삶이 빗소리처럼 엉켜도

밑바닥의 비애를 견뎌야 한다
우리는 살아야 할 이유에서
가끔은 불만이지만
삶이 가파른 벼랑임을 알고
몸서리치기도 한다
그 남자가 떠나고 나면
박제된 그림자의 모습만
과거가 되어 남아 있을 것 같다

모과나무

뒷마당 구석진 곳에
허공 한 채 소유한 남자

학생모를 불량스럽게 쓰고 다니던
통학버스에서 보았던 17살 남자아이를
꼭 빼닮았습니다

불규칙한 나뭇가지에
품행이 단정하지는 않았지만
열정적으로 보였던
소년이 주렁주렁 매달려 있습니다

정성 들이지 않아도
나잇살의 흔적만큼 덧칠되어
우둘투둘 붙잡을 수 없는 향기가
과즙으로 옮겨지는 계절입니다

뙤약볕을 머금은 푸른색은
황금색으로 물들어 가고
모양새를 바로잡으려는 듯

새콤한 얼굴을 내밀며
내게 모과 하나를 불쑥 내밉니다

구겨졌던 한때가 쭉 펴집니다
숨겨야 할 그 무엇에서 만져지지 않는 시간이
노랗게 응축된 허기로 다가옵니다

또 다른 허공을 온몸으로 읽어냅니다
소년의 늠름한 모습이
세월의 바깥을 에워싸는 모과였습니다

서귀포 자연휴양림

무수한 시간이 어깨를
짓누르는 날이면
원시림의 춤이 그리워진다

꼭꼭 접어두었던
설렘으로 다시 이곳을 찾는다

푸른 새소리와
싱그런 빛으로 나를
안아 주어라
나는 사랑으로 토닥여 줄 것이다

산책로 옆구리를 끼고
한 발짝 더 비상하고 싶을 때
너는 내가 되고
나는 네가 되어
천근만근 무거운 근심을 씻어내자꾸나

그래도 헛헛한 마음이거든
상무미풍으로 채워 주어라

〈

풀 내음 가득 코끝을 스치면
이제 간절한 자유가 뭔지 느낄 것이다
서귀포 자연휴양림에서는,

* 서귀포 자연휴양림: 제주 서귀포시 영실로 226.

내일은 순풍

기억의 반대편에서 잡히지 않는 어둠이 나를 짓누르고 있어요

송곳 같은 생각이 휘청거리며 뇌리를 파고듭니다

환청이 된 불신이 믿음보다 강할까요

말이 허공에서 길을 잃었습니다

숨어 있던 가시에 찔리는 순간 원망에 미움을 포개니 헛소문처럼 부풀어 오릅니다

어떤 말은 강풍이 되어 잔잔했던 호수를 할퀴고 지나가요

회오리 같았던 하루가 저물고 있습니다

내일은 순풍이 불까요

달, 그리움

꿈속 같은 이 밤에 당신을 간절히 품고 싶은 날은 내 얼굴이 달빛처럼 피어나요

가슴속 꼭꼭 접어둔 사랑의 귓속말이 들리나요
오직 나 한 사람만을 위한다고 말해줘요

눈물은 하늘길을 만들고 만질 수 없는 당신이 그리운 밤

금가루 같은 빛이 입술에 내려와 앉고 두근거리는 심장 소리 되새김질하듯 요란해요

붉어진 얼굴 감추려 하늘을 보니 당신도 흔들리고 있네요
그리움에 젖은 눈빛이 달무리로 다가와요

시차의 하늘 곡면을 따라 미분되던 내 마음이 간곡해지는 밤입니다

분리수거

아직은 쓸만한데 사람들은 분리수거도 하지 않고 나를 구겨서 쓰레기통에 버려요

생채기 많은 청소부 아저씨의 한숨 소리가 버려진 막걸리 병에서 메아리가 되어 속살거려요

입안 가득 음료를 마시던 아이들의 웃음소리가 배어나오고 구겨진 플라스틱병에서 휘파람 소리가 땅바닥에 흐르네요

산다는 게 이쪽에서 저쪽, 저쪽에서 이쪽으로 움직이는 것일지 몰라요

어둠에서 빛이 분리되듯

웃음소리 귓전에서 조잘대는 햇살 반짝이는 날 청소부 아저씨 손길에서 한 생명이 탄생하는 중이에요

추억의 씨앗

추억은 살아 움직이면서
마음이 고이는 터에서 자생하는
또 다른 생물입니다

숨은 사연들을
호기심 어린 마음으로 살며시 훔쳐봅니다

어차피 추억은 허물어지는 게 아니라
쌓이는 저마다의 곳간이 아닐까요

겹겹이 담아둔 이야기들을 수선하고
세탁하여 가꾸면서 살아가는 것입니다

다 지나고 없는데 뒷걸음쳐 머무는 추억
정말 소중한 것은 보이지 않습니다
먼 데서 달려오는 시간에도 물러섬이 없습니다

석양이 뉘엿뉘엿 저물고 있습니다
오늘도 수많은 추억이 씨앗으로 영글고 있습니다

3부

그래도 아름다웠던 순간은 있었기에

골목길

이슬이 걸어갔을 골목길
할머니의 굽어진 허리가 생각난다

실뜨기하듯 종종거리는 까마귀처럼
낮과 밤 사이
해와 달도 걸어갔을 저 길

온갖 풍상을 겪어낸 골목길 모퉁이에
한 포기 제비꽃이 가부좌를 틀고 앉아
구불구불 누워 있는 길을 일으킨다

마른 땅 위에 위태로운 평화가
활짝 웃으며 바람의
통증까지 경계 밖으로 밀어내는
길 밖의 길

오늘도 허리 곧추세우고
삶의 무게를 감당하고 있는 모습이
신록 아래 눈부시다

분이 핀 호박

여름 내내 뙤약볕에서
나와 마주치던 호박
하룻밤 사이 쭈글쭈글해진
내 손을 닮아 있다

산다는 게
소낙비도 맞고
모진 비바람도 맞아야 하며
뜻하지 않게
낭떠러지로 구를 수도 있는 법

밤새 내린 서리에
두려움을 느꼈을까
모든 걸 체념한 듯
맥없이 호박이 뒹굴고 있다

호박고지 찰시루떡 해주시던
할머니 생각에
차디찬 호박을 쓰다듬는다
〈

붙잡아 두지 못한 가을
햇살도 황금빛이다

뽀얗게 분이 난 모양새가
동동구리무 곱게 바르고 미소 짓는
할머니 모습 같아서
왈칵, 눈물이 난다

비대면 인연

코로나가 우주의
질서와 균형을 흔들며
총성 없는 전쟁을 한다

다물고 싶은 입
닫아 주는 마스크 속으로
묵언 수행 중이다

하지 말아야 할 말
입과 코 물샐틈없이
봉해버린 마스크 안에서
웃어야 할까
울어야 할까

언제쯤 끝이 보일는지

말없이 새하얀 복면을 쓰고
그간의 인연도 비대면의
짐이 되고 있는 슬픈 우리들
〈

온 힘을 다하여 서로의 간격을 둔다

활짝 웃던 웃음소리와
환한 그리움
너와 나의 민얼굴을
새봄과 함께 기다려 본다

무소식의 부활

1 다정한 문
내 마음을 여닫는 문은 몇 개나 될까
외롭고 쓸쓸한 인생살이에서 꼭 있어야 하는 문
감정의 안쪽과 바깥쪽을 향해 들락거린다
청정한 호수에 마음을 담는 하루
나는 몇 번이나 생각의 문을 열었다 닫았다 한다
천 가지 만 가지 분별할 수 있는 사람이고 싶은 나는,
세상을 향한 다정한 문 하나쯤
마음 깊이 두고 싶다

2 허기의 농도
새 떼 구름이 이슬을 쪼아먹는 아침
투명한 쌀 알갱이, 배가 고프다
튀밥을 주전부리로 먹던 기억, 들판은 먼데
누드김밥으로 변신한 쌀, 편의점 진열대에 누워 있다
쌀 한 톨에 들어있는 우주도 허기의 농도에 따라 변하는가
편의점 창문 밑 비둘기 두 마리, 먹다 버린 식혜 밥알에
몰두하고 있다

3 무소식의 부활
홀라춤을 춘다
아주 오래된 일처럼 잊고 지냈던 동작들이 부활하듯 살아난다
굳어진 몸이 출렁이며 밀어를 풀어내듯 수화를 한다
한 계절 건너온 아지랑이 날개옷 같은 치마에 입맞춤을 하는 순간 묵언하던 언어들이 발꿈치를 들어 올린다
꼿꼿하던 근육마저 부드러운 춤사위를 펼치며 무소식이 회소식을 끌어당기는 사사로운 시간
홀라의 원 속에서 시공간이 부활하고 있다

4 존재의 가치
나비는 꽃을 찾아가고 꽃은 나비를 유혹한다
단 한 번 피었다 떨어질 꽃이어라
단 한 번 살다 갈 이 땅 하늘 아래에서
할 수만 있다면, 아픈 사람 낫게 해달라고,
진정 쾌유하게 해달라고
마음 우러러 두 손 모으고 또 모은다

살아가는 감정의 양면

헐거워진 난간에 기대어 휘청거리는
나에게 나를 의탁하게 한다

허공에 발을 내딛듯
마음속은 늘 공복이다
더구나 표정 없는 낯빛은 너무 싫다

빈손이 무거운 영혼을 채찍질하는 날이면
목수가 대들보의 수평을 잡듯

이쪽보다 저쪽이 허전하여
마음의 평정이 어려울 때는
산다는 게 눈물 난다

감사하며 눈을 뜬 아침
바위틈으로 흐르는 물
정화수와 같은 깨끗한 감정이고 싶다

남천나무 옆구리에서 하늘은
조용히 새벽을 깨운다

〈

새벽 5시를 좋아하는 나
꽃향기가 도달하는 이 시간

붉은 해를 따라
또 다른 나를 맞이한다

어머니의 봄

겨울이 결빙을 풀더니
봄이란 낙관을 찍어놓고
북극으로 날아가네요

현관에 붙은 立春大吉
서랍 속 봉투에 잠든
씨앗을 흔들어 깨우고

햇살이 살갗 깊숙이 파고들 때
가지 끝으로 밀고 올라온
봄의 심장박동 소리가
가슴을 뛰게 하네요

어머니! 마당에 당신이 심어놓은
수선화가 얼굴을 내밀어요

못다 한 사랑을 위해 수선화가 필 때
자식들은 어머니와 같이했던
추억을 그리워합니다

수양벚나무

국립서울현충원의 수양벚나무
떠나간 민심에 귀 기울이고 있는 듯하다

요즘 시대에 수양대군이 있다면 수양벚꽃 닮은 청빈한
정치를 할 수 있을까

익어가는 벼를 닮아 한 치의 망설임도 없이 고개를 땅으
로 숙이고 시선은 하늘을 향한 수양벚나무

휘어진 생의 끝에 세상만사 매달고 얽히고설킨 세상의
근심을 미분하고

쭉쭉 늘어진 수양벚나무 가지들은 뼛속까지 환해진 자
신의 생을 보여주며 민생의 속살 어루만지고 있다

서산으로 지는 노을

하루 사이 탱탱하게
익은 노을이
지상에 이정표를 남기고
서산으로 발걸음을 내디딘다

오늘 내가 남긴
발자국이 뒤에 오는
사람의 이정표가 된다고 말씀하신
서산대사 말씀이
생각나는 해 질 녘

다 해독하지 못해 접어둔
문장의 책갈피에서
실어失語를 앓던 말들이 쏟아진다

살면서 허망하지 않은 일
어디 있던가

마른 기억에 부시를 치듯
새 세상의 혈로를 뚫는

저 아름다운 안간힘

하늘이 터지도록
팽창한 노을을 오래오래 바라본다

죽방렴 멸치

은빛 바다를 보세요

건반을 두드리는
하얀 손가락처럼
오월의 바다에서
멸치들이 춤사위를 펼쳐요

차마 다하지 못한
사랑을 고백이라도 하듯
밀물이 훑고 간 자리
촘촘한 그물 뚫지 못한 멸치 떼

푸른 상처를 안고
먼 우주 밖까지 찰랑거려요

엇갈린 사랑에
속앓이했던 지난날처럼
비우기 위해 그물에 갇히는
찰나의 순간
은빛 비늘이 눈부셔요

〈
사랑은 그냥 바라만 보아도
은멸치 팔딱거리듯
그렇게 가슴 뛰는 환희예요

가뭄의 텃밭

뭉게구름 바라보았던 시선으로
천남성과 산삼을 들여다본다

가뭄을 이겨낸 그들이
꽃을 피웠다
태생이 달라 어쩔 수 없다지만

다 같은 생명인 줄 알면서도
애증의 그림자가
드리웠다가 사라진다

동풍이 불면 동쪽으로 휘고
남풍이 불면 남쪽으로 기울어
살아가는 모습은 비슷하나
가슴에 품은 뜻은 다르다

쩍쩍 금이 간
논바닥이 그랬듯이 몇 번이고
단비에 흠뻑 젖고 싶었던 지난날
〈

햇볕 쨍쨍한 길을 터벅터벅 걸으며
그때를 회상한다
그래도 아름다웠던 순간은 있었기에
어느 것이나 반목하지 않고
바라볼 수 있다

유년 시절의 남해

바다 내음 물씬 풍기는 갯벌에서
소금기 가득한 얼굴로
조개 캐며 놀던
유년 시절을 생각한다

짜디짠 바지락 속에서 진주 같은
아이가 얼굴을 내밀었다

말로는 차마 다 표현할 수
없는 해조음을
떠밀려왔다 떠밀려가는
물살 위에 수북이 쌓아 놓기도 하면서

우린 매번 다르게 느껴지는
가로등 같은 섬들을 바라보며
시도 때도 없이 꿈꾸는
미래의 희망이
밀물과 썰물이 되기도 했었다

수십 년이 지난 지금

하루하루가
개나리꽃 같았던
그 화사한 유년의 바닷가

끝내 돌아오지 못하는 것은
멀리 사라진 시간뿐이다

커피향 같은 여자와 커피잔

비가 내리는 창밖을
바라보는 오전 10시
소박하다는 말과
소박하지 않다는 말이
평형을 이룬다

로마에서 구입한 커피잔에 담긴
커피에서 파란 눈을 가진
여인의 미소가 아른거린다

기호 식품에도
인종 차별이 있을까

커피 알갱이처럼
톡톡 튀는 말솜씨로
엄지손가락을 들어
코리아를 중얼거리던 여인의
눈빛이 다가온다

아스라하게 뒤따르는

그리움으로
커피꽃이 피고 지고
또 피고 질 때면
사람보다 먼저 도착한
커피향이 이국을 떠올리게 한다

다랭이마을에서

샛노랗게 꽃을 피웠다
유채꽃
저 관능을 좀 봐

층층 계단 논둑길이
바다를 호위하듯
스치는 풍경 눈부시다

길 잃은 은빛 멸치
그 비릿함이
천수답을 오르며 꿈틀거린다

경배 드리듯 나도
노란 유채꽃 향기가 되어
쫑쫑 비탈길을 오른다

붉은 징표

타오르는 꽃이었다가 낙화하는 몹쓸 일생이라니

초록 옆의 **빨강**이 눈부신 나날들 장미는 자라서 가시나무가 되고

내 심장은 장미 넝쿨에 숨겨두고 당신을 꺼내 붉음을 마주합니다

차오르나 했더니 가라앉고 가라앉는가 하면 차오르는 그리움

차가운 손으로 심장을 어루만져 봅니다

다이아몬드가 아무리 견고하여도 아득한 세월을 견디지 못하듯

한낮 시샘하는 계절 앞에서는 색깔도 순응해야 하나 봅니다

밤새 읊는 시에도 붉은 물이 들었습니다

그리움이 나의 징표입니다

그리운 손

아픈 이마를 짚어 주시던 당신의 손이 거룩한 사랑이었음을 그때는 몰랐습니다

손바닥 생명선을 오래 들여다보고 있으니 가물가물 흔적이 남아 있습니다

가장 따뜻한 손으로 씻겨 주시던 발로 당신을 향해 달려가고 싶습니다

오래된 기억들까지 다 불러내어 앙상한 당신 손을 만져보고 싶지만 나쁜 바이러스가 길목을 막아섭니다

아침마다 윤슬로 피어나는 남해 그곳

나 대신 갈매기가 끼룩끼룩 울어줍니다

고목

인생살이 부질없다며 먼 시간 밖으로 데려다 놓는다

휘어짐은 모르고 수직으로만 견디어 온 자리 옹이로 굳었지만

오래된 퇴적암같이 켜켜이 쌓인 아픔들
시련을 이겨낸 상처는 꿈틀꿈틀 새살이 돋아난다

숱한 세월이 지나도 근엄하신 아버지 말씀처럼 고목은
그대로 그 자리

무릎 관절 다 녹아내려도 고수하는 한 모습이 나를 숙연하게 한다

망초꽃 달동네

옹기종기 모여 사는
하늘 가까운 언덕에
망초가 삶의 터를 잡고
꽃을 피웠다
저녁이면 길 잃은
별들이 내려와
온 천지 환하게 밝히며
산자락까지 올라가고 싶은
소박한 꿈으로 기지개를 켠다
세월이 춤으로 부풀고
바람이 지나가는 곳
온순한 이들이
모여 사는 이곳은 달동네
향기 없는 말도 이곳에서는
인향人香인 듯
망초처럼 흔들리며 산다

솔솔 시간을 앗아가는 세월

대충대충 내 알 바 아니라며

부지불식간에 저지른 죄
사하여 달라고 허리 굽혀 손 비빈다

항아리 속 술이 익듯이
밥도 누룩도 아닌 부끄러운 허물들이
눈물샘을 자극하며 부풀어 오르고

납작 엎드린 형상들은 속내를 토해내며
솔솔 시간을 앗아가는데

요동치는 마음의 번뇌가 팽창하면
무슨 맛으로 발효될까

몸서리치며 감당해 온 날들이
두꺼운 그림자로 눕는다

4부

생의 갈림길에서 뜨거웠던 순간들

다시 피는 꽃

슬픈 사랑이 새끼를 치듯
부질없이 다정하다는 생각도 편견이겠지

떨어지는 꽃잎의 파문은 짧고 격렬하다

붉음으로 사시던 어머니가 달을 기다리다
가늠할 수 없는 사색에 빠졌다

하얀 국화 송이들이 미소 띤 사진 한 장을
품에 안고 울부짖는다

냉기가 흐르며 숨죽이는 틈새로 뻗친 단심
심장과 심장이 소통하는 시간

어둠을 밝혀 꽃은 다시 피려는지 꿈틀거리고
서녘에 역광을 덧대 놓은
태양이 내려앉는다

밀당 중인 하루

구름과 햇볕 사이
비워내면 차오르는 하루가 자로 잰 듯 정직하게 부풀어
오른다

사는 일은 언제나 빗나가기 마련
귀한 것일수록 머물지 않는 것인지
뜨거운 하루를 다 써버린 태양은 작렬(炸裂)의 역사다

절망 속에서도 희망은 싹트고
성취는 고통 없이 얻을 수 없듯
해가 구름을 녹여내는 작업 중이다

번뇌 속에서도 꿈을 향해 한 걸음씩 발걸음을 내디딘다

해와 구름 사이에서 찰랑거리는 하루가 밀당 중이다

아버지와 은행나무

한 평 땅을 차지한 은행나무
추적추적 빗방울에 젖는다

겹겹의 무게에 짓눌려도
허공 높이 솟아오르고
뿌리의 깊이를 가늠할 수 없다

은행이 여물어갈 때쯤이면
아버지가 생각난다

가지를 흔들었던 바람 같은 자식들은
각기 대처로 떠나 살림을 꾸리고
기억 밖으로 나가지 못한 그리움만
고적한 세월 품고 있다

호접란

햇살이 훔쳐보는 거실 창가에 호접란이 꽃을 피웠습니다

바깥세상이 궁금해 조금씩 창밖으로 시야를 넓혀 갑니다

예측할 수 없는 세상과 부딪쳐 본 사람만이 느낄 수 있는 감정입니다

담장 밑에 옹기종기 모여 있는 빛 부스러기들이 희망일 때가 있습니다

햇살 방향으로 웃고 있는 것이 어디 꽃뿐이겠습니까

나비는 잠의 무게를 털어버리고 초판본 향기를 정독합니다

아슬아슬한 생의 갈림길에서 뜨거웠던 순간들이 저 향기만큼이나 아찔하게 날아오릅니다

유배지 같은 공간 안에서 눈이 부시도록 피어나는 당신을 오래도록 바라봅니다

대들보

염주알 같은 생각들이
하늘을 받들고 있습니다

붙잡아 둔 갈바람이
꽃 피고 지는 소리가 되어
돌탑 사이로 들락거립니다

주인 없는 햇살을 훔쳐 오면
마음의 대들보로 쓸 수 있을까요

빈곤한 잡문들이
정수리를 누르는 한낮

난독의 이정표가 현실이 된 지금
그리움만 불어 터지고
마음속 향기 모아
멀리멀리 띄워 보냅니다

가을 전어

전어가 몰려오는 남해는
하늘과 바람도 반짝인다

썰물 방향으로 갯내가 풍기고
밀물 들듯이 바다 생물이
살찌는 가을이다

푸르디푸른 남해 들녘이 출렁거리면
굽어진 하루의 허리
보리암에 닿는다

전어 대가리 속에
참깨가 서 말 들었다고
말씀하셨던 할머니

입안에서 고소함으로 전해져 온다

숨 막히는 세월은
저만치 흘러갔지만

갯내 품은 전어
가을의 맛을 한 점 집어 든다

백자白磁

담벼락 아래 눈이 부시도록
내린 첫서리
마른 풀잎 사이에
소복하게 쌓여 있습니다
금방 녹아 없어지는 줄 알았더니
오랫동안 반짝거리는데
마치 백자 파편 같습니다
산다는 게 때로는
여름 뙤약볕보다 뜨겁고
얼음장보다도 차가워
숨 막히는 경우가 있습니다
깨진 백자 위로
도공의 눈빛이 스치면
그 날카로움도 무뎌지겠죠
올해 내린 첫서리가
햇살을 들어 올리고 있습니다

노란 소국

하루에도 몇 번씩 사랑을
나누는 까닭에
꽃잎 사이로 향기가 가득합니다

꽃술 채집하는 햇살 쪽으로
환한 웃음 만개했습니다

어머니가 떠나시던 그날도
빈소엔 노란 국화가
오늘처럼 환하게 웃고 있었습니다

꽃을 사랑하셨던 당신
꽃밭 못 미더워 어찌
저세상 가셨을까

산다는 것이 때로는 외롭고
쓸쓸하지만 사람은 죽은 뒤에도
향기를 남겨야 한다고 하셨던
말씀이 생각나 숙연해집니다
〈

깨달음을 말해주듯
미소 띤 부처님상이
노랗게 반짝이며 다가옵니다

뜰에 핀 소국이
자꾸만 만추를 재촉합니다

추풍령 휴게소

쌀쌀한 늦가을로 기억됩니다

시골 소녀가 수학여행 길에서 만난 고속도로 휴게소는
신기하기만 했습니다

가을바람의 땅
추풍령 휴게소는 봄여름가을겨울 사계절 내내
바람이 싱싱 부는 것으로 생각했습니다

낮달이 기웃대는 지상의 틈새로 억새 숲은 끙끙대며 신
음합니다

이렇게 좋은 날
힘든 세상살이에 지쳐 마음속에 요동치는 고갯마루의
바람 소리가 야속하기만 합니다

푸른 하늘 아래
그 시절 추억이 추풍령에 머물게 합니다

가을바람조차도 추풍령에서 쉬어야 동해로 흘러듭니다

단풍잎

붉음에 닿고 싶어서 햇살을 끌어모으는 가을입니다

건기와 우기를 견디고 여인네 실루엣처럼 속살을 드러내
는 꿈을 꾸었습니다

단꿈에 젖었던 한 시절 푸르름은 간밤의 천둥 벼락과
함께 온데간데없고 어느덧 단풍 되어 떨어질 채비를 합니
다

햇살 아래 눈부신 당신은 가을의 엔딩곡을 준비합니다

어느 방향으로도 외로운 길에서 나뭇잎이 붉은 것은 인
생 여정의 희로애락이 있기 때문입니다

만해 시낭송

만해, 스님을 추모하는 목소리가 무산 서원 뜰에 파랗게
자랍니다

햇살이 내려오고 바람은 풀잎을 흔드는데 이 모든 것도
깨달음입니다

자비 가득하신 당신이시여!

숭고하고 높으신 덕업 앞에 참배를 드립니다

이승에서 저승까지 닿도록 낭랑하게 목청을 높입니다

향이 피어오르는 뜰에 부처님 자비가 빛으로 가득 차오
릅니다

생각 덧칠

거짓으로 더럽혀진 혼탁한 것들에 혼미하다

가려졌던 헛소문이 차츰차츰 진실 속으로 스며든다

소문과 거짓은 너무 가까워 서로를 끌어당긴다

달빛이 어둠을 밝히듯 햇살이 그늘진 곳을 비집고 들어간다

거짓과 진실 사이에 수많은 생각이 끼어든다

나는 그 틈새를 채우는 쓸쓸한 덧칠 중이다

아직 미완성 중인 그림을 유리알처럼 투명해지도록 햇볕에
바싹 말린다

소문 속에서 거짓만을 추려내면 가을 하늘은 청명하게 높아
진다

용문사 은행나무

용문사 앞마당엔
천년을 넘게 살고 있는
은행나무가 거룩하게 서 있다

삶의 무게를
내려놓고 싶은
중생들이 살아갈
방향을 말해주는 것도 같다

제 살 도려내는
아픔을 견디는 달처럼

주렁주렁 매달린 식솔들의
생계를 걱정했을 아버지의 사랑을
이제야 깨닫는다

가을도 외로웠는지
벗을 찾아 내려와 머문다

몸 낮추고 마음 비워

두 손 모아 합장하는
나의 번뇌를 헤아려주실까

웃자란 교만함도
저 은행나무 앞에선
그저 고개 숙일 뿐이다

* 용문사: 양평군 용문사로 782.

봉안 유치원 아이들

아이들 웃음소리가
까르르 까르르 울려 퍼지는 골목
바람도 공회전을 하며 두리번거린다

해맑은 봉안 유치원 새싹들 웃음소리는
노인이 살아온
빛나는 훈장의 답례인 듯하다

태풍이 지나간 자리
별꽃 방아꽃 피워놨다

성품 착한 햇살도
걸음을 멈추고 쉬어가는 동네

따사로운 햇살 아래
모자람도 넘침도 없이
아이들의 미래가 쨍쨍 빛난다

도토리

햇살을 굴리고 굴려 몸이 토실토실해졌다

오솔길에 떨어진 도토리가 도토리 키재기를 하자고 옹기
종기 모여 있다

초등학교 시절 교실 벽에 그래프 그려놓고 도란도란 키
재기 하며 나누었던 말들은

어디에 쌓여 있을까

얼굴에 분칠해도 좋을 만큼 고운 가루를 물과 섞어 냄
비에 담고 묵을 쑨다

깔깔 웃는 도토리 앙금이 보글보글 끓고 있다

저 묵처럼 탱글탱글하게 차르르 윤기 흐르는

시 한 편 쓰고 싶다

먹이를 찾는 새

새싹 돋고 새 우는 봄

건너편 우람한 노송은
꽃가루를 내뿜으며 묵묵히 서 있다

물 한 방울 없고
먹잇감 하나 없는
숲으로 새들이 자꾸만 날아든다

허기가 지는 새 떼들
바람은 제 길목을 내주지 않으려는 듯
세차게 불고

기우뚱 균형을 잃은 환절기가
봄의 끄트머리를 지난다

성에 낀 유리창에
까마귀가 흙 묻은 입술로 꼭꼭 찍더니
미문의 흔적만 남기고 날아간다
〈

128

숲과 달의 공터쯤
어떤 조바심이 있었는지
허공에 갇힌 시간이 파리하다

귓속말에 가까운
새소리가 숲의 소실점을 만든다

이태원의 가을

어둠이 내려앉은 시월의 저녁
스산한 바람이 이마를
훑고 지나간다

차라리
악몽이었으면 좋겠다고
생떼를 써본다

청춘들의 울부짖는
소리가 귓가에 쟁쟁하다

옥죄는 가슴을 움켜쥔다
저 깊은 마음의 웅덩이에서
피가 거꾸로 솟구친다

빛나는 청춘들의 애끓는 목소리가
아우성이 되어 구천을 떠돈다

바람도 불지 않는 늦은 저녁에
전설처럼 사라진 꿈이 전율로 흐른다

130

〈
영영 칠흑 어둠에 갇혀버린 청춘

뼛속까지 곰삭은 눈물이
그리움이라 말하기도 전에
만추의 서정이 세상을 덮고 있다

분홍 소시지

마트 진열대에 놓여있는
분홍 소시지 앞에 멈춰 섰다

아찔한 봄날에
어머니는 소시지 위에
분홍색 참꽃을 올려
봄을 구워 주셨다

타들어 가는 저 참꽃 너머로
그때 기억들이
새처럼 날아오른다

주머니 속 깊숙이 넣어둔 추억은
꽃샘바람 불 때면
앞다투어 피고 질 것이다

소시지를 프라이팬 위에 올리고
예쁘게 살라고 하시던
어머니 말씀까지 혀끝에 앉힌다
〈

산등성이 아래로 가라앉는 저녁

다홍치마 곱게 차려입은
어머니 모습이
상현달처럼 정갈하다

거꾸로 자라는 고드름

되돌아갈 수 없는 길을
허공에다 놔두고

차디찬 몸으로
언 땅이라도 찌를 기세다

한 치의 직립도
거꾸로 세우기 힘든데

나도 한때
어깃장 놓는 심정으로
바깥만 기웃댈 때가 있었다

꽁꽁 갇혀버린 마음이
얼었다 녹기를 반복한다

저렇듯 매달린 내공은
무참히 떨어지는 것이 아니라

접히고 구겨진 생을

확 퍼기 위함이 아닐까

오늘은 나도
어설픈 시 한 줄
저 고드름처럼
거꾸로 매달아 놓고 싶다

그리움, 그 안 오롯한 삶의 시간들

박철영(시인·문학평론가)

고단한 하루를 마치고 휴식보다 시를 먼저 생각하며 사
는 사람은 누구일까 궁금하던 차에, 마침 김수영 산문을
읽으며 일부 의문을 해소할 수 있었다. 시인은 일반적인
사람과 다를 것이라는 생각이 틀린 것이다. 치열한 시대를
살다 간 김수영 시인도 생활을 위해 닭 키우기를 게을리하
지 않았다. 물론 김수영 시인은 아내가 하는 일을 도와주
는 입장이라 말한다. 막상 생업을 위해 하는 일인데 아내
일이 곧 김수영 시인의 일이기에 말과는 달랐을 것이다. 이
말을 하는 것은 문학적인 삶이란 것이 특별하지 않다는
것을 몸소 실천한 분이었기 때문이다. 시인이라 해서 특별
한 삶을 사는 것이 아니라 남들보다 해야 하는 일을 한
가지 더 품고 사는 것의 차이다. 그런 삶의 시간은 남들
보기 좋아 시인이지 막상 감당해야 할 정신적 고통은 형언
할 수 없다. 누구에게나 찾아오는 하루의 시간과 그 시간

의 반복 속에서 단조로움보다 복잡하게 얽힌 사회 현상과
부딪치며 일어나는 일 속에서 시적인 소리에 귀 기울여야
하는 긴장된 삶을 사는 것이다. 아무리 운수 좋은 날이라
해도 시가 그저 하늘에서 뚝 떨어지는 것이 아니다. 그들
만의 정신적인 사유망을 높여 세계를 바라본다 해도 쉽게
다가오지 않는 것이 시다. 눈앞에 빤히 펼쳐진 풍경을 하
얀 여백에 그려가는 것이라면 좋겠다는 마음이 들 때가 많
다. 무형상의 상상력에서 실재한 것의 원형처럼 재현하는
작업으로 한 편의 시가 완성된다. 우리가 사는 이 세상은
시적인 것으로 충만한 사회가 아니며 그렇게 낭만스럽게
생각할 정도로 여유롭고 만만한 곳이 아니다. 그 험난한
일상보다 더 고통스런 것이 시 쓰기로 가히 그것을 경험한
사람만이 이해할 수 있는 고뇌의 연속이다. 하루 노동의
가치가 일당이라면 시란 문장은 세상 어디에도 존재하지
않는 정신적인 작업으로 가치로 환산할 수도 없다. 아무
리 창작을 위한 오랜 시간을 보냈어도 아무것도 수확하지
못한 시간은 잘도 흘러간다. 한 권의 시집 속 시편들은 그
토록 힘든 고통의 결과로 얻어진 소중한 문장들의 집합인
것이다. 그렇기에 시인의 마음이 또 다른 세상과 부딪치며
난감한 세계를 긍정의 사유로 환기한 시집을 만난다는 것
은 매번 행복한 일이다. 일반적인 삶의 방식을 초월해야만
가능한 곽인숙 시인의 세 번째 시집『나를 기다리고 있었

을까요』도 다양한 시간의 서사를 안고 있다. 그래서 매번 시인의 또 다른 이면을 보는 것 같아 가슴이 후끈한 것이다. 우리가 활용하는 문자체계가 자음과 모음으로 이뤄졌듯이 곽인숙 시인의 풍부한 삶과 문학적인 사유가 결합을 통해 시적 세계를 아우르고 있다는 것은 자명하다. 시적 상상력도 우리 사회가 인식하는 전반적인 현상들이라고 볼 때 시인의 통찰 깊은 혜안으로 새롭게 시적 형상을 구축한 표상으로 우리에게 다가온다. 시적 공감의 세계가 김수영 시인의 현실에 대한 긍정과 다를 바 없다고 볼 때 곽인숙 시인의 삶도 많은 시적 사유로 내면화된 은근한 서정이라고 보았다. 한낮의 긴 시간이 온통 시라면 밤은 얼마나 행복한 것인가?

밤을 향해 시간은 스며듭니다

어둠을 파고드는 전구로 인해 밤은 너무 더디게 와서 별빛이 그리울 때가 있습니다

컴컴한 배경에는 함부로 발설할 수 없는 신비가 숨어 있습니다

낮을 이룬 것들이 고요 속으로 침잠하고 잔여의 시간을

나에게 넘깁니다

돌아보니 얼룩뿐입니다

그믐으로 건너뛰는 초하루에도 밤은 오래된 자세를 바
꾸지 않습니다

마음의 묵정밭에 묵어 소리 들려오고

모서리부터 어둠이 무너지더니 아침이 찾아왔습니다
　　　　　　　　　　　　　－「오래된 밤의 자세」 전문

　그러나 그렇지 않은 것이 현실이다. 완전하지 않은 낮
의 긴 시간이 저녁 어둠으로 스며들며 낮의 상황들을 잊지
못하게 옥죄고 있다. 밤은 모든 것의 시각을 차단하는 단
절 효과가 있다. 어둠이라는 일몰을 통해 그토록 환하던
세상을 약속이나 한 듯 어느 순간 사위를 분별할 수 없게
한다. 아무것도 보이지 않은 것의 '밤'은 과연 천국일까?
그 천국 속에 사는 사람들은 언뜻 생각하면 참 좋을 것
같다. 하지만, 꼭 그런 것만은 아니다. 결국 낮의 시간에도
존재했던 사람들이 다시 그 공간에 갇혀 꼼짝할 수 없는
강제 구금과 같다. 세상은 어둠과 환함으로 이분되어 있고

그 안에서 인간은 어쩔 수 없이 그에 맞춰 살아가는 순행을 기꺼이 따라야 한다. "밤을 향해 시간은 스며듭니다"라고 말하는데 스며든 것이 아니고 그렇게 길들여진 것이다. 아무리 습관이 되었다 해도 그 밤이 더디게 와 또 다른 하늘의 별빛이 그립다 한다. 인간은 누군가의 빛(관심)을 받아야 살아가는 심성을 가졌음을 말해준다. 홀로 살 수 없는 존재가 인간이라면 하다못해 밤하늘에 별이거나 달이거나 그도 저도 아니라면 동구 밖 큰 느티나무라도 서 있어야 안심되는 의타심을 가졌다. 화자가 살아온 환한 낮의 시간도 결국은 긴 어둠을 맞이하기 위한 기다림이다. 그렇다면 가슴속 그리움의 실체가 무엇인가 궁금해진다. 그 시작은 "낮을 이룬 것들이 고요 속으로 침잠하고 잔여의 시간을 나에게 넘깁니다//돌아보니 얼룩뿐"으로 비로소 보이기 시작한 낮의 불완전한 행동에서 기인한 모호한 생각이 부끄럽고 부족했다는 자기반성으로 다가온다. 밤을 통해 환해지는 불면의 사념들로 잠을 이루지 못한 것의 원인을 생각해 보니 불안한 '고요'에 기인한다. 그것의 연속을 이루는 사물성에서 '얼룩'처럼 묻어있는 불편한 마음이란 것을 알았다. 의식의 퇴행으로 인식한 얼룩이 사라져 버린 그믐밤은 불안한 마음의 크기를 숨길 수 있는 위안이 된다. 그 그믐의 달도 아침으로 전환되면서 마음속 그리움(얼룩)을 다시 볼 수 있게 되었다. 가슴속 내면을 다독인

141

변주를 통해 그 얼룩들은 또 다른 형상으로 변모해갈 것
이다. 시작은 다 좋았고 예쁘기만 했다. 그래서 사랑을 듬
뿍 받을 수 있었다.

까끌까끌한 솜털로 덮인
복숭아 속살에는
달달한 즙기가 들어있어요

연분홍 복사꽃 피듯
상실의 흔적이라고는 찾아볼 수 없는
풋풋한 시절이었지요

옹이 같던 시간은
퇴행의 징후를 예견했는지
통통하게 부풀어 올랐죠

내 발의 복숭아뼈는
속절없이 나이만 먹어
시큰거리고 삐걱거려요

흩어지는 인생의 방향을 틀어쥐고
조금만 더 참아야 한다고

서로를 토닥거려줬죠

단단하게 질주하던 시간은
이제 뭉클뭉클하고
도굴만 당한 어머니의 향기가
시린 뼛속까지 사무쳐요

― 「복숭아의 시절」 전문

화자는 뽀얀 아이를 닮은 살성 좋아 보이는 잘 익은 복숭아의 사물성에 훅 빠져있다. 실물을 보며 그와 연상된 감성의 호흡을 일치한 자연적인 사유로 치환한다. "까끌까끌한 솜털로 덮인/복숭아 속살에는/달달한 절기가 들어있어요"라며 '복숭아'가 건너온 시간적인 공간을 절기로 환기하여 의미를 던져본다. 복숭아가 단순히 꽃 피고 지며 열매 맺어 긴 여름이 오기 전 단맛을 품어 익어가는 것의 계절적인 변화를 말하려는 것이 아니다. 복숭아의 잘 익은 모양태를 봐선 어디에도 고통의 흔적은 없고 부끄럼 타는 아이가 뽀얀 목덜미께 솜털을 세운 것처럼 예쁘기만 하다. 눈에 비친 복숭아는 어머니의 사랑으로 이룬 아이의 표상인 것이다. 초롱초롱한 눈빛에다 엄마의 사랑을 담아 따뜻한 세상을 보면서 누구도 품을 수 없는 착한 인성을 갖춘 것과 같다. 자신을 돌이켜보면서 "연분홍 복사꽃 피듯/상

143

실의 흔적이라고는 찾아볼 수 없는/풋풋한 시절이었지요"
라며 아름다운 한때를 회상한다. 그러나 아름다운 모습
에 가린 복숭아의 옹이 박힌 퇴행의 시간을 보며 문득 자
신의 복숭아뼈가 요즘 부쩍 부어 통증이 심해진 것을 생각
한다. 아름다운 것의 또 다른 이면 속 가려진 시간의 퇴행
을 보며 인간사와 자연에 부여된 시, 공간은 같이 작용한
다는 것을 안다. 긴 삶의 시간 견고하게 지탱해 준 발에서
자꾸만 삐꺽거린 듯한 소리도 이미 오래전 몸의 과한 남용
에서 온 채무가 아니겠는가? 지금껏 용케 어머니로부터 물
려받은 몸으로 험난한 세상을 잘 견뎌온 것이 그나마 다
행이다 싶다. 이제라도 "흩어지는 인생의 방향을 틀어쥐고/
조금만 더 참아야 한다고/서로를 토닥거려줬죠"라며 우리
가 살아가는 각박한 사회에서 그래도 아름다운 생각들을
놓지 않고 살아가는 의지의 원천이 무엇인가를 생각하게
한다. 눈 마중한 별이 가슴 안에서 떠올라질 줄을 모른다.
가끔 하늘에 뜬 달이 지구의 중력에 끌려 유성우로 무한
낙하를 하곤 한다. 마치 기차가 기적소리보다 먼저 달려가
는 불빛을 앞세운 것처럼 말이다.

북적이는 인적 대신

별만 뜨고 지는 능내역 대합실

〈

푸른 남해에서 남양주를

오가는 기차에 몸을 실으면

눈부시게 살아내는 힘이

기적소리로 울려 퍼졌다

기차 떠난 추억의 숨구멍마다

말 걸어주던 이웃의 다정한 눈빛

끊겨버린 생의 밧줄 같은

전설의 철길을 다시 이어

그리운 사람들의 안부를 묻고 싶다

　　　　　　　　　　　　　　　－「기적소리」 전문

　오랜 기간 철길 위로 기차가 수십 년을 오가며 울린 기적소리를 듣고 살았다면 불편한 것보다 체념에 찬 정한이 더 깊다. 요즘 도시와 도시를 연결하는 철길이 초고속열차 시대를 맞으면서 일부 철길과 역사가 사라진 곳이 더러 있다. 남양주에 있는 능내역도 마찬가지다. 1956년 6월에 개통되어 2008년 12월에 폐역이 된 뒤 역사驛舍로 기능을 수행할 수 없게 된다. 그런 사실을 잘 알고 있는 화자는 간혹 옛 고향집이 생각난 듯 그곳을 찾았을 것이다. 마음이 허전하거나 도시의 삭막한 거리가 답답해질 때면 서울 근

교에서 강변과 어우러진 남양주의 '능내역'만 한 곳이 없다. 어느 날부터 기적소리가 끊긴 뒤 고요하기만 한 그곳이지만 한 때는 많은 사람들로 북적댔던 곳이다. 그곳도 편리를 추구한 세월의 변화를 맞아 직선화된 철길이 새로 뚫리면서 뒤안으로 물러앉고 말았다. 오랜 소란을 훌훌 털어버리듯 그저 한갓진 관광객들로 잠시나마 적막을 털어내는데 멈춰버린 기차 시간표는 어긋난 시간을 맞추느라 홀로 부산스럽다. 간혹, 가슴 깊은 내막을 간직한 옛 추억을 못 잊거나 그럴만한 사연이 있어 서성이는 사람도 그 시절 요금표를 확인하고 주머니를 만지작거린다. 꿈을 이루기 위해 '푸른 남해'를 떠날 때의 순정한 마음처럼 능내역을 찾아가면 "기차 떠난 추억의 숨구멍마다/말 걸어주던 이웃의 다정한 눈빛"들이 새록새록 떠올랐다. 저 플랫폼 어딘가에서 무르익었을 사랑도 그렇거니와 그때의 추억이 아련하기만 한데 그리운 그 사람은 올 기미가 없다. 가슴을 흔들어놓았던 세월은 사람마저 끌어안았는지 당시의 모습에서 한 발짝도 나아갈 수 없게 한다. 다들 뿔뿔이 흩어져 어딘가에서 지난날의 꿈을 한 아름씩 안고 서로의 안부를 생각할 것이다. 그토록 정겨웠던 모든 것이 "끊겨버린 생의 밧줄 같은/전설의 철길을 다시 이어/그리운 사람들의 안부를 묻고 싶다"며, 예전 기적을 울리며 능내역을 드나들던 색 바래 허름해 보인 기차를 상상한다. 너무나 많은 추

146

억이 깃들어 있는 그곳으로 다시 기차가 들어오길 고대하고 있다. 그 기약은 무망한 것이지만, 그 꿈은 화자의 삶을 현재까지 이어준 희망과 위안의 길이었음을 어찌 잊겠는가?

어차피 산다는 것의 다른 의미는 세상을 두루 살피는 것과 흡사하다. 살핀다는 것의 도시적인 감각이 아닌 자연 속 깊이 은둔한 종교적인 심처를 찾아가 삶과 불일치한 마음이나마 덜고 싶은 것이다. 「불광정사」란 시를 읽다 보면 내비를 켜고 안내받은 대로 찾아가 경내를 거닐고 싶다. 화자의 발길 닿는 곳이 부처의 말씀이고 멈춘 곳이 복잡한 속세의 허물들을 털어내는 수행처가 된다. 한참을 속된 생각과 경건한 마음을 구분하며 세상 것의 헛된 정념의 욕망을 내려놓고자 한다. 화자는 참회하는 심정으로 경내를 돌며 마음을 다스린 듯하다. 마침 찾아간 곳은 양평군 서종면에 있는 불광정사다. 당연히 불교적인 정취가 산과 어우러져 신앙 깊은 "간절함으로 손 모으면/내 마음속 떠도는/번뇌를 잠재울 수 있을까"라며 공손히 합장한다. 불교적인 상상력과 산문 안의 불광정사 경내 답사는 불가분의 긍정과 사유의 확장을 통한 비움의 화답으로 되돌아온다. 오래된 길동무 같은 산이 불광정사를 굽어보고 있으니 그만한 사찰터는 흔치 않다는 신앙적 신뢰를 확신케 한다. 좋은 기운을 받으려면 대웅전 안 부처의 발아래에 눈을 맞춰 경배해야 한다. 간절함을 가슴으로 품고 부처님을 찾아온 사람들이 한둘이겠는가 싶다. "부처님은 얼마나 많은/소원을 가지고 계실까요/법당엔 얼마나 많은/기도가 쌓여 있을까요"라며 묻는 말에 부처님도 난감했던지 침묵으로 일관한다. 어차피 인생사가 백팔번뇌라 했으니 쉽게 답해줄 리 없을 것을 예상했을까? 경내를 두루 돌아보며 법문을 듣고자 했지만, "아직 무엇에도 묵묵부답이다" 한다. 한참을 행여 하며 한 소절 깊은 화두를 얻을까 하여 서성이는 데 "산문 밖으로 구절초꽃이 환"하게 핀 것을 보았다. 세상 사는 법을 가장 잘 알고 있는 것은 부처보다 한 소식을 잘도 견뎌낸 '구절초'였다. 세상이 힘들게 하거든 구절초처럼 환하게 가슴 열어젖히라는 부처 말씀이 산문 바깥에서 이미 실현되고 있었다. 마음을 한 곳으로 정갈하게 한 뒤 뒷걸음으로 산문을 나서는 것도 부처에 대한 신앙심이란 것을 아는 사람이 많지는 않다. 사부대중의 초심으로 일주문을 들어갈 때와 나갈 때의 다른 모습을 부처님이 모를 리 없다.

단청 밖으로
시간이 머문 듯한데

백팔배로 시끌벅적한 법당

148

〈

매듭짓고 풀어내는 일

그리 쉬운 것은 아니지만

신묘장구대다라니를 외우는 나는,

내 몸에서 끝끝내 버티는

무엇이 남아 있는지

내게 어떤 비루한 퇴행이 있는지

모은 손이 볼록하다

얼마나 버려야 부처님 손처럼 펴질까

대웅전 하늘에 낮달이 떴다

　　　　　　　　　　　　　－「두 손을 모으다」 전문

　이 시에서 말한 단청의 대상은 "백팔배로 시끌벅적한 법
당"과 "신묘장구대다라니를 외우는 나는,"에서도 그렇고
"대웅전"을 구체적으로 적시한 것이어서 사찰 건물에 한정
한다는 것을 알 수 있다. "단청 밖으로/시간이 머문 듯한
데"라는 말에서 은연중 건축 속에 숨은 의도를 추론하고

있다. 화자도 이미 단청 안과 바깥의 은닉된 고도한 정치성을 간파한 것이다. 사실 처마 끝 단청을 입힌 사찰 문양은 일반 건물과 다르다. 단청은 신비감을 유발하여 삿된 잡귀를 쫓는 벽사辟邪의 의미도 들어있어 외부로 향한 처마 끝이나 난간은 붉은 칠을 주로 하였다 한다. 그런 것보다 우선한 것은 부처를 뵙기 전 흐트러진 몸과 마음을 추스르도록 경건한 위엄을 연출해야 했다. 그래서 아무 곳에나 덧칠한 단청이 아니다. 그럴만한 이유가 있을 터이다. 먼저 외부에서 침입하는 해충으로부터 소중한 건축물의 골간인 목재를 보호하는 데 있었다. 기왕에 그렇다면 범인이 쉽게 다가설 수 없는 특정한 문양의 도안과 색을 입히되 복배에서도 감히 고개를 숙이게 하는 위엄까지 고려한 것이다. 예나 지금이나 여러 정치적인 통치 권위를 감안해 입힌 단청 작업이다. 그 작업 자체가 소소하게 진행되었을 리도 없고 삼엄한 지휘를 받았을 것은 뻔하다. 그 건물 자체가 아무나 기거하거나 하찮게 사용될 것이 아니기 때문이다. 단청 자체가 지난한 작업이라 그랬을까? 아니면 단청이 갖는 효과에 영향받아 그랬을까? 자발심이 일어 깊은 삶의 반성으로 "내게 어떤 비루한 퇴행이 있는지/모은 손이 볼록하다"며 백팔배를 곧 넘어설 것 같다. 불심은 고통스런 경배로 시작하기에 '백팔배'는 아주 기본으로 손목 좀 부은 것은 시작에 불과하다.

「싸리나무 문」의 '싸리나무'는 한국의 산이라면 어느 곳이나 자생하는 관목류의 나무다. 가느다란 가지가 다지 형태로 성장하여 시골에서는 흔한 싸리나무를 베어 땔감부터 다양한 용도로 활용했다. 그중 마당에 눈이 내리거나 청소를 해야 할 때 요즘의 대빗자루처럼 싸리나무로 빗자루를 만들곤 했다. 워낙 가지가 드세 잘 닳지도 않아 오래 쓸 수 있었기 때문이다. 그뿐만이 아니라 지게에 얹혀 농부가 두엄을 져 나를 때도 유용한 '지게 발대'란 것도 있었다. 화자도 시골에서 자랐기에 그런 것을 본 듯하다. 마침 지리산 길을 오르는 데 암자를 드나드는 대문 간에 싸리나무로 만든 문이 매달려있다. 고향에서 익히 보아온 싸리나무 문짝이니만큼 눈에 띄어 반가웠던 것이다. 추억의 판박이처럼 그곳에서 정겨운 풍경을 만났으니 마음이 그만 들떠 시적 충동으로 이어졌다. 암자 출입을 안내하는 싸리나무 '문짝'을 통해 속세의 잡다한 생각들을 털어내고 불도에 정진했을 스님을 생각한다. 그와 추구하는 바는 다르지만, 좀 더 나은 미래를 위해 열심히 공부할 것을 지엄하게 강요하던 "선생님이 들고 다니시던/싸리 회초리가 잃어버린/길을 알려 주는/방향지시등이었"다는 것을 깨달았다. 그 싸리나무에 얽힌 추억으로 어린 시절로 돌아갈 수 있었다. 시가 갖는 사유의 반경은 과거와 현재 그리고 미래에 도래할 모든 것으로 발현된다. 지리산 산정을 향해 오르며

뒷걸음질하는 화자를 능선을 지키는 싸리나무가 노려보고
있는 것을 아는가 궁금하다.

남한강과 북한강이
혼인 서약을 하는지

두 물이 만나는 합수 지점에서
얼어붙은 마음을 녹인다

사랑의 구속에 기꺼이
영원히 마르지 않을
신접살림 차린 두물머리

은하수가 되어 흐른다

유실된 기억들이
꼬리에 꼬리를 물고
업장으로 얼룩진 가슴에
찬물을 끼얹는다

마치 아무 일 없는 듯
저렇듯 한 몸이 되어 흐르고 있는 까닭을

우연이라 해야 하나

필연이라 해야 하나

물이 물을 업고, 물 위를

필사적으로 걸으며 속울음을 운다

족두리 쓴 두 물은

지금 어디쯤에서

지난날의 기억을 담수淡水하고 있을까

혼인서약서의 맹세가

노안으로 멀어져 가물가물하기만 하다

                                                   – 「두물머리」 전문

　강과 강이 합쳐지는 곳은 어디에나 있다. 작은 샛강과
큰 강이 만나는 지점에 붙인 '두물머리'란 이름들은 의외
로 많다. 그렇지만, 여기서는 북한강과 남한강이 합수되는
경기도 양평군 양서면 양수리 두물머리를 지칭한다. 그곳
의 풍경을 보며 낭만스런 생각에 빠져든다. 강과 강의 만
남을 예쁜 남녀가 눈맞아 서로를 사랑하게 된다는 러브스
토리를 덧씌워 한껏 분위기를 고조시킨다. 그런 상상이 들
었던 까닭은 그곳에 들면서 긴장된 마음이 주변의 넉넉한

수면으로 편안해졌기 때문이다. 그러면서 "사랑의 구속에 기꺼이/영원히 마르지 않을/신접살림 차린 두물머리"라며 신혼 시절을 떠올린다. 이전 각각의 강줄기를 따라 흘러온 여정에서 만남 이후 "족두리 쓴 두 물은/지금 어디쯤에서/지난날의 기억을 담수淡水하고 있을까"라며 주변의 풍경에서 환상처럼 곁들인 시간은 크나큰 삶의 위안이 된다. 들뜬 단상 같지만, 강을 통해 젊은 날을 되짚어보는 추억 여행을 단단히 챙기고 온 셈이다. 족두리를 쓰고 가마를 타고 갔을 신혼의 아득한 기억만이 가물가물하다는 두물머리에서 현재를 거슬러 올라가 흩어져 조각난 시간을 맞춰보며 잊힌 풍경을 만나게 된다.

우리가 바라보는 세상의 일부도 한때는 전체를 상징하고 있는 풍경에서 사물이고 대상으로 자리매김을 톡톡히 해냈다. 그 사물과 대상이 감성을 자극하여 사유를 촉발한다. 스친 단상이 흑백필름처럼 사물의 형상을 간직한 시간을 호명하면서 의식을 현전화한다. 시적 발현 과정이 그렇다는 것을 잠깐 언급해 보았다. 「조각보 우산」도 그런 상상 속에서 재미있는 발상을 보여준다. 우산을 쓰고 있는 텃밭을 상상할 수 있는가를 생각해 보시라. 텃밭 귀퉁이에 꽂아놓은 우산이 아닌 우산을 쓰고 있는 텃밭의 시적 발상이 매섭다. 그 버려진 우산이 "이슬 한 방울 떨어져/뭇 생명을 키워내고/완전한 생명체가 될 때까지/밭머리를 지켜줄 것"이라며 하찮은 우산이 아니라는 것을 말해준다. 아무짝에도 쓸모없다며 텃밭 모퉁이에 내팽개쳐진 우산이다. 그 우산이 텃밭에 자라고 있는 어린 농작물에 강한 햇살을 가려주고 거친 소낙비가 내려칠 때 은근슬쩍 빗방울을 통통 구슬려 땅에 살짝 내려놓는 일을 감당한다. 그것만이 아니다. "허공 떠도는 먼지를 막아주고/돌풍이 심술부릴까 봐/사위(四圍)에 울타리"가 되어주는 것도 마다치 않는다. 자칫 버려질 수 있는 우산이 요긴하게 텃밭을 잘 지켜내고 있다. 어느 정도 할 일을 다 했다고 생각할 즈음 우산을 접어보니 잘 접힐뿐더러 그 아래 잘 자란 채소들이 한껏 초록을 뽐내고 있다. 그나저나 보는 눈이 즐거워지면 몽글거리는 마음이 쓸쓸해지는 법이다. 그 한가운데 추억 바랜 세월을 껴안은 아버지가 계신다.

아버지의 누런 월급봉투 속에

켜켜이 담겨 있던 지폐가

가족을 위해

당신의 어깨를 짓누르고 있던 무게인지

그때는 철부지였던

나이 탓에 몰랐습니다

〈

정직하게 살되

베풀고 살라 하시던 말씀

가슴에 신권 지폐처럼

차곡차곡 쟁여 두고 살고 있습니다

봉투에 적혀 있던 이름과 수령액이

선명한 기억으로 남아서

과거란 나이로 다시 돌아가곤 합니다

통장으로 월급이

입금되었다며 알림 문자가 뜨는 지금

망각하고 있던 어린 시절이 자꾸만 생각납니다

군불 넣는 저녁쯤에

노을이 저렇게 붉은 것도

아버지의 기울어진 어깨와

헐렁한 월급봉투를 감싸기 위함을

철이 든 후에야 알게 되었습니다

                           － 「아버지의 월급봉투」 전문

이런 정도면 80년대 이전 직장인의 모습일 것이다. 요즘은 월급이 통장으로 자동 입금되는 편리한 세상이다. 어찌 보면 삭막하지만, 모든 것이 간편해야 직성이 풀리는 신세대 취향에 맞는 시스템으로 적격이다. 아주 옛날도 아니지만, 옛날이야기가 될 법한 월급을 노란 봉투에 담아 수령한 시절이 깃든 추억 여행도 쏠쏠한 것이다. 요즘도 그런 곳이 있는가 알 수 없지만, 80년대까지만 해도 월급(현금)이 봉투에 담겨 나왔다. 화자의 아버지도 그 시절을 살았던 분 같다. 매번 넉넉하지 않은 살림을 위해 열심히 회사를 다녀도 매번 월급봉투는 얇을 수밖에 없다. 그만큼 한 가계를 책임진다는 것이 쉽지 않다. 비록 팍팍한 월급봉투지만, 한시도 마음의 긴장을 놓지 않으면서 "정직하게 살되/베풀고 살라 하시던 말씀"을 누누이 당부하셨다. 아버지의 월급봉투에 적힌 이름과 수령액까지 기억하고 있는 걸 보면 보기 드문 효자가 맞다. 아버지는 월급을 타온 날이면 미안한 마음에서였을까? "군불 넣는 저녁쯤에/노을이 저렇게 붉은 것"을 곁에서 지켜보았고 아이적 화자는 속도 모른 채 좋기만 했는데 나이 들어 아버지의 마음을 알게 된다. 가족에게 넉넉하지 않은 살림이지만, 방만큼은 군불이라도 지펴 따뜻하게 해주고 싶었던 것이다. 아버지의 월급봉투는 생활의 한계점을 명확히 제시하면서도 침묵으로 일관했다. 그 조건을 뛰어넘을 수 있는 것은 화자의 어린 천진난만함뿐이었다. 먼 훗날 시의 연루로 아이러니하

157

게 사유의 경제성을 부여한다. 언어는 불가피한 지점을 넘어설 때에도 존재(생존)에 대한 두려움이나 안위를 좇지 않는다. 다만 공익적인 기여와 공생을 위해 최선을 다할 뿐이다.

시나 삶이나 첫출발부터 중심과 바깥의 위치를 먼저 묻지 않는다. 시로 제시된 시어가 동사여야 한다거나 명사나 부사가 되어야 한다는 것을 의식하지 않는다. 「말이 동사가 되어」란 시에서 언어의 가용성을 환기한 형용을 발상으로 보여준다. 먼저 '명사'의 체면을 구기는 방법을 시도한다. 응당한 예우를 받아야 할 독립성을 훼손하기라도 하려는 듯 "물컵 속에 명사를 구겨 넣"어 망가뜨린다. 명사의 의미 속에는 사회의 온갖 부류 중 제 잘난 맛에 떠들며 사는 부류까지 지칭하고 있다. 떠드는 데도 기력이 있어야 하는 법이다. 그들마저 삶의 초과를 감당할 수 없었는지 "언어 속에서 심호흡"을 할 정도로 과잉의 대가를 치르며 더는 힘에 부쳐한다. 그동안 아집 같은 파열음으로 사회 곳곳에서 "현악기처럼 길게 파장을 일으켰"다면 그것은 사회적 윤리를 벗어난 불행을 전염시킨 것이다. 다시 말해 개성 강한 사회의 주체보다 사회의 공동 선에 우선하는 '동사'적 기여를 잊지 않은 것이다. "물 잔을 비우듯 나를 비우는 시간//사라진 것들은 모두 부사 속에 숨고//딱딱한 명사들이 지느러미를 세운다"며 사회질서를 추동하는 동사의 역할을 자임한다. 여기에서 '말'은 이기주의적 사고라고 볼 때 중심의 주체가 되는 것에서 한 번쯤 중심을 일탈할 수 있다. 비 주체의 입장에서 바라보는 양보의 윤리를 질문하는 것으로 이해했다. 좀 더 첨언한다면 사회 정의로운 부분에 대한 과감한 사회성을 요구하는 것으로 이해하고 싶다.

초승달은 보름달이 될 때까지
웅숭깊은 시간을 지나고 있다

뒤돌아보면 내, 의지는 달의 주기를 앞서

맨 먼저 제자리로 돌아오는
그 열심에 있었다

보름달의 환영을 좇던 어제보다
묵언으로 비우는 오늘이 더 좋다

모양을 달리해도 같은 하나의 이름으로
당신을 닮아가고자 하는 나

별빛 깊은 나이테에 몸속 기억이 휘돌고

〈

내 어두운 기억에 환하게 달이 뜨면

혼자서도 외롭지 않은

달맞이꽃이 되고 싶다

　　　　　　　　　　　　－「나를 관조하다」 전문

　가장 편한 것은 멀찍이서 중심을 바라보는 것이다. 일
종의 회피 같지만, 꼭 그런 것만은 아니다. 마음의 여유를
찾을 수 있는 시공을 가르는 간극이 보호 기제로 작용한
다. 「나를 관조하다」란 시는 해와 달로 교차되는 우주 현
상을 통해 욕망보다 순리에 따른 질서에서 불안했던 호흡
을 안정시킨다. 하지만, 그것은 혼란이 초래한 오해였고 처
음부터 그럴 의지가 아니라 정념에 찬 관심이었다. "초승달
은 보름달이 될 때까지/웅숭깊은 시간을 지나고 있"는 것
으로 인식하는 줄 알았는데 엉뚱하게 "뒤돌아보면 내, 의
지는 달의 주기를 앞서//맨 먼저 제자리로 돌아오는/그 열
심에 있었다"는 고백이다. 언제나 미리 다가올 미래의 모
습보다 더 조급해한 가시적인 욕망을 추구한 것이다. 아
예 처음부터 선명하게 드러내지 못한 것에서 비롯된 의지
를 차단할 수 없었기에 제어될 수 없는 본능이다. 앞선 의
식이란 것도 이미 무의식 속에 존재한 '달의 원형'을 기억
하기 때문이다. 사실 화자가 바라본 달의 변화는 들끓는

듯 뜨거운 욕망과는 거리가 먼 은근한 정념으로 한국인의 전통적 정서와 맥을 같이한다. 어떤 어려움에도 인고하는 서정성의 전형으로 체화된 내면은 살아온 표면적과 비례하거나 상회한다. 그처럼 각인된 절제미를 초과하지 않도록 "모양을 달리해도 같은 하나의 이름으로/당신을 닮아가고자 하는 나"란 존재에 대한 끈질긴 자기 확인으로 핀 '달맞이꽃'이 상징하는 서사도 동일하다. 달은 초과와 잉여가 아닌 원형을 영원히 재현하는 것을 멈추지 않는다. 그것의 다른 말은 인간의 욕망도 절제를 통한 본성에서 벗어나지 않으려는 윤리적 성찰을 게을리하지 않은 것에서 같다. 달과 인간의 욕망은 자연의 순리에 순응하며 살아가고 존재하는 현실에서 교훈적인 의미로 교감하고 있다.

긴 시간 곽인숙 시인의 시 세계를 함께하며 더 많은 이야기를 끌어내지 못한 것을 안타까워해야 할 시간이다. 시를 구성하는 긴요한 말은 수많은 고뇌에 찬 발현으로 멈출 수 없는 관성 작업이다. 그것의 기운은 곧은 삶에서 충동해 온 오감으로 이성과 감성을 아우르는 언어의 사유망으로 건져 올린 정서를 함의한다. 「죽방렴 멸치」에서의 "건반을 두드리는/하얀 손가락처럼/오월의 바다에서/멸치들이 춤사위를 펼쳐요"라는 시행은 곧바로 생생한 기운이 재현된 이미지를 부조한다. 이어 「가뭄의 텃밭」도 체험적인 삶에서 비롯한 "쩍쩍 금이 간/논바닥이 그랬듯이 몇 번이고/

161

단비에 흠뻑 젖고 싶었던 지난날"은 훨씬 더한 고통의 속
말을 발설하지 않는다. "그래도 아름다웠던 순간은 있었기
에/어느 것이나 반목하지 않고/바라볼 수 있"었다는 말로
누구나 겪었을 시절의 추억으로 돌려주고 있다. 「유년 시
절의 남해」에서 "우린 매번 다르게 느껴지는/가로등 같은
섬들을 바라보며/시도 때도 없이 꿈꾸는/미래의 희망이/밀
물과 썰물이 되기도 했었다"며 모래성처럼 허물어진 현실
을 어린 마음으로 안타까워하며 가슴 아파한다. 유년 시
절과 성장하여 고향을 떠난 이후 애증과 복잡한 감정들이
분출할 때마다 다짐을 했을 것이다. 결코 어떤 환경에서도
절망해선 안 된다는 희망을 품어왔듯 그런 의지를 세상을
향해 부추기고 있다. 시란 그런 것이라고 감히 말한다면
아픈 상처를 치유하는 언어적 기여이다. 더 많은 사람에게
공감적 이해로 다가가는 말의 또 다른 형상을 보여주는
상상력의 이행인 것이다. 곽인숙 시인의 시 전반을 관통하
는 정서가 가슴을 은근하게 싸고도는 듯 밀물처럼 여백을
밀치며 우리에게 다가오는 것을 느낄 수 있었다.

상상인 시인선 *050*

곽인숙 시집

나를 기다리고 있었을까요

지은이 곽인숙

초판인쇄 2024년 2월 28일 **초판발행** 2024년 3월 7일

펴낸곳 도서출판 상상인 **펴낸이** 진혜진

표지디자인 최혜원 **기획·마케팅** 전은빈 최유림 노혜림 정현수

책임교정 종이시계 **편집** 세종PNP

등록번호 제572-96-00959호 **등록일자** 2019년 6월 25일

주소 06621 서울시 서초구 서초대로74길 29, 904호

전화번호 02-747-1367, 010-7371-1871

팩스 02-747-1877 **전자우편** ssaangin@hanmail.net

ISBN   979-11-93093-45-0 (03810)

값 12,000원